Johann Nepomuk Sepp

Der neue Rathhausbau zu München

Antigonos

Johann Nepomuk Sepp

Der neue Rathhausbau zu München

Unveränderter Nachdruck der Originalausgabe von 1868.

1. Auflage 2024 | ISBN: 978-3-38614-425-4

Antigonos Verlag ist ein Imprint der Outlook Verlagsgesellschaft mbH.

Verlag: Outlook Verlag GmbH, Zeilweg 44, 60439 Frankfurt, Deutschland, info@outlook-verlag.de
Vertretungsberechtigt: E. Roepke, Zeilweg 44, 60439 Frankfurt, Deutschland
Druck: Libri Plureos GmbH, Friedensallee 273, 22763 Hamburg, Deutschland

Separat-Abdruck aus der Beilage der Augsburger Postzeitung
Nr. 1, 2, 3 vom 3. 11. 18. Januar 1868.

Der neue Rathhausbau
zu München.

Im Namen des christlichen Künstler-Vereins
von Professor Dr. Sepp.

In den Ruinen des alten Regierungsgebäudes auf dem Schrannenplatz rumort seit Monaten ein gräulicher Spuk: es geht an ein Hämmern und Pochen an der Wand, ein Werfen aus allen Ecken, wie in alten Burggemäuern. Niemand hat den Kobold noch gesehen, man hält ihn aber für den architectonischen Zeitgeist, eine Art Homunculus. welcher sich gegen die mittelalterliche Bauschöpfung an dieser Stelle auflehnen will. Der Lärm darüber ist wiederholt in den „N. Nachr." und als handle es sich um ein politisches Ereigniß, jüngst sogar in Fröbels „Süddeutscher Presse" laut geworden, nun: da es zu arg wird, müssen wir uns schon ein Herz fassen, und den unwirschen Geist besprechen.

Welch' eine schwere Schuld ist zu sühnen, und gegen wen erhebt sich der Chor der Rache? Gegen Niemand Geringeren, als den Magistrat und das Gemeinde-Collegium der Hauptstadt: daß sie durch „bekannte Mitglieder von ultramontaner Anschauung" verleitet, gerade die besten eingereichten Baupläne für das neue Rathhaus principiell abgelehnt, und dem einzigen gothischen den Vorzug gegeben? Heißt dieß nicht München in ein sonderbares Licht stellen, und uns in jene Periode der Allherrschaft des Kirchenpfaffenthums zurückschrauben wollen, die sich in der Gothik hauptsächlich ausgeprägt? Ist dieß nicht für unsere weltberühmte Kunststadt eine beinahe compromittirende Entscheidung. Die Gemeindebehörden sollten, ehe sie Hunderttausende an ein evident schlechtes Project ver-

schwenden, lieber ihren Irrthum eingestehen und den Bau ein-
stellen, ehe das Uebel geschehen und München in seinem Rathhaus sich ein steinernes Armuthszeugniß für Jahrhunderte
ausgestellt hat."

Das ist eine harte Rede, wer kann sie hören! Der angebliche
Fehltritt erschiene um so größer, als der Magistrat mit drei
Viertel seiner Stimmen und das Gemeinde-Collegium sogar ein-
stimmig die Ausführung des gothischen Planes unter Ueberwachung
des städtischen Bauamtes zum Beschluß erhoben hat. Der Bau-
plan war gewiß auch in anderer Hinsicht einzig, da die versam-
melten Bürger, ohne ursprünglich einen bestimmten Styl im Auge
zu haben, sich für den jungen, namenlosen und noch dazu fremden Künstler erklärten, der allerdings früher in München seine
Bauschule durchgemacht. Welche Zwischeninteressen aber spielten,
beweist die noble Handlungsweise, daß der städtische Ingenieur,
mit dem endgiltigen Entwurfe auf Grund der angekauften Re-
naissance-Pläne beauftragt, unbefangen zugleich die gothische
Vorlage mit der eigenen der Gemeinde-Vertretung zur Beurthei-
lung unterbreitete. Darin aber liegt das eigentlich Bestechende
dieses Planes, daß der Bau von Innen nach Außen sich
entwickelt, und nicht der Façade wegen von Außen nach Innen angelegt ist, auch nicht zu befürchten steht, daß man, wie
bei nahestehenden Renaissance-Bauten, am hellen Tage das Licht
in den Gängen brennen muß.

Es gibt Schlagworte zu beliebiger Verwendung, so daß man
bald gar keinen Sinn mehr damit verbinden kann, und bitten
möchte, den Worten ihre ursprüngliche Bedeutung zurückzu-
geben. So begegnen wir hier dem Vorwurf eines ultramon-
tanen Baustyls. Wir haben ein ebenso titulirtes neume-
dicäisches Zeitalter der Architectur hinter uns, aber hat der
ultramontane Monarch etwa gothisch gebaut? Im Gegentheile
erhebt sich ein griechischer Tempel in der Glyptothek und dem
Gebäude gegenüber, die Propyläen zeigen selbst egyptische Mo-
tive. Wir haben den römischen Styl in der Ludwigskirche,
dem Abbild der Sixtina; den florentinischen Styl in den
Loggien, und ein Gegenstück des Palazzo Pitti in der Residenz nach
vorne, wie einen Palladio nach der Hofgartenseite; den mau-
rischen Burgenstyl im Wittelsbacherpalast, das Miniaturbild von
San Marco zu Venedig in der Allerheiligenkirche, obwohl die
Kuppeln nach Außen nicht hervortreten, den neuitalienischen
Styl endlich in beiden Pinakotheken, ein pompejanisches Haus
in Aschaffenburg. Selbst die Walhalla und Befreiungs- so wie Ruh-

meßhalle offenbaren keine Spur von Gothik. Nur versuchsweise
kömmt der Bau der gothischen Auerkirche zu Stande, aber nicht
auf Kosten der Krone, und der König selbst äußert zuletzt ver-
wundert: „Ich denke und dichte deutsch, meine Politik ist deutsch,
aber ich baue nicht deutsch.“

Woher nun der ultramontane Pfaffenstyl? Ist nicht im
Gegentheil gerade die Renaissance uns von jenseits der
Berge octroyirt, und die germanische Architektur über die
Alpen nach Italien getragen worden, als die Deutschen noch
Meister, und nicht Bauschüler waren? Der Beduine sieht die
Pyramiden und weiß sich dabei gar nichts zu denken; eben so
scheint es manchem Akademiker Angesichts gothischer Bauherrlich-
keit zu ergehen. Bei der überhandnehmenden Begriffsverwirrung
muß die Gothik sich gefallen lassen, selbst für reaktionär zu
gelten; und doch paßt auch dieser Vorwurf einzig auf die Renaissance, die, wie schon der Name ausspricht, aus der Fremde
zu uns kam und die einheimische Baukunst verdrängte. Ja nicht
einmal national soll die Gothik sein, sondern in Kairo ihre Ge-
burtsstätte haben! Warum nicht gleich bei den Chinesen? Be-
kanntlich rühmen sich diese, alle erdenklichen Erfindungen früher gemacht zu haben, namentlich die der Buchdruckerkunst, und doch sind
die Deutschen stolz auf diese Entdeckung. Näher besehen sieht
es in Peking und Kairo doch etwas anderes aus, als im Haus
zum Guttenberg in Mainz und im Kölner Dom, und so lassen
wir uns die Originalität germanischen Baustyls nicht abstreiten.

Nur im Boden, wo die Pflanze heimisch ist, entwickelt sie so
erstaunliche Triebkraft; die Gothik aber wurzelt im deutschen Volk
urkräftig, wie unsere Sprache, und hat von da aus auch Erobe-
rungen gemacht. Wir müssen das Gedächtniß schon auffrischen,
welch’ hohen Ruhm Deutschland seiner Baukunst verdankt. Von
St. Egydien in Nürnberg zieht Bruder Wilhelm, ein geborner
Innsbrucker, nach Wälschland, und steht in Pisa als Guilelmo
Tedesco einer Baugewerkschaft vor. Meister Jakob von Stain
(di Lapo) wandert mit einer Anzahl Laienbrüder aus dem
Kloster Hirschau nach Italien, und baut den wundervollen Dom
von Affisi im germanischen Spitzbogenstyl. Zum Dombau von
Orvieto wird eine deutsche Baugenossenschaft unter Meister Pe-
ter Johannes berufen. Arnulph von Kempen hat den
Tabernakel in St. Pauls Münster zu Rom, so wie die Kirche
Santa Croce zu Florenz als germanischen Giebelbau hergestellt,
und derselbe Arnolfo da Campio erhält durch Beschluß der
Magistratur auch den Auftrag, den Dombau von Santa Maria

del Fiore auszuführen, wie es wörtlich heißt: „mit jener höchsten und größten Pracht, daß es von menschlichem
Fleiß und Vermögen nicht größer noch schöner er-
funden werden könne." Vom Thurmbau aber verlautete:
„es solle ein also prächtiges Gebäude errichtet werden, daß es
an Höhe wie an künstlicher Ausführung Alles übertreffe, was in
solcher Art von den Griechen und Römern in den Zeiten ihrer
blühendsten Macht sei geschaffen worden." So dachte man früher
von der Gothik, denn dieser prächtige Thurm erhebt sich wieder
im germanischen Styl! Während die Kirche durch Millionen
Thürme das Ansehen der Länder erhöht hat, kannten die alten
Griechen und Römer allerdings keinen Thurmbau!
Das war das goldene Zeitalter der Architektur, als der Steinmetz-
meister Arler von Gemünd als Enrico da Gamondio mit
deutschen und wälschen Gehilfen die Ausführung des an jungfräu-
licher Majestät unübertroffenen Mailänder Domes übernahm, wobei gleichzeitig noch die sechzehn Stadtpforten im deutschen Baustyl erstanden. Ein Johann von Freiburg und Meister
Ulrich von Freisingen folgten als Dombaumeister dahin nach.
Es war die Zeit, wo zugleich die Brüder Johannes und
Simon von Köln auf Ansuchen eines spanischen Erzbischofs
nach Burgos übersiedelten, um den dortigen Dom in seiner durch-
geistigten Form zu vollenden, den man gleich jenem zu Köln eine
Verklärung des Steinreiches, ein wahres Weltwunder nennen
möchte. Und gegenüber solchen triumphatorischen Werken hören
wir heute so geringschätzig von der wieder erwachten nationalen
Baukunst reden!

Der architektonische Siegeslauf unseres Volkes
ging leider mit dem Hereinbruche der Renaissance
zu Ende, als umgekehrt nun wälsche Architekten Deutschland wie Frankreich überschwemmten, diese Länder mit Nachbil-
dern des neuen Petersdomes und ausgebauchten Thurmkuppeln
beschenkten. Der edle Styl mit seinen strengen Prinzipien er-
laubt so wenig wie die Antike das leiseste Abweichen von der
Regel, sonst tritt die Mißgeburt zu Tage und die ganze Arbeit
erscheint verfehlt. Die Renaissance dagegen gibt der Willkür Spiel-
raum. Mängel und Schwächen lassen sich hier verbergen; darum
wählen viele Künstler am liebsten die Renaissance mit ihren minder
genialen Formen. Sie führt früher oder später, immer wieder
zum Rokoko. Da prunken Paläste mit jonischen oder dorischen
Säulen wie mit vorgeschobenen theatralischen Coulissen; Portale
mit Cyklopen, versteinerten Eckenstehern oder Packträgern unter

zerstücktem Gebälk oder regentriefenden Balkonen, wolkenreitende Amoretten mit allen erdenklichen Schnörkeln, Kirchen mit wurstartig gewundenen Colonnen und Kapitälen von Gyps, oder den rührendsten Haarlocken von Mörtel an allen Wänden. Eine innere Nothwendigkeit spricht in der ganzen Struktur nicht an; es ist nur willkürliche Decorationsbauerei, eitle Stuccaturarbeit.

Und nun muthet man der Magistratur zu, beim Rathhausbau wieder zur Renaissance zurückzukehren, ja eine Stimme in der A. A. Z. spricht sogar von einem kosmischen Baustyl, während der Ausdruck komisch und komödienhaft besser am Platze wäre! Wahrscheinlich soll die Quadratur des Cirkels in Stein übersetzt werden! Dann würde auch die Rückkehr zum Jesuiten und Benedictinerstyl bei Kirchenbauten angezeigt sein, wovor uns Gott bewahre. Eben schreibt Wolfgang Menzel, Literaturblatt 23. Novbr. „Wie hat man seit der Reformation und Herrschaft der Renaissance auf die Barbarei der alten Germanen und das finstere Mittelalter voll Dummheit und Aberglauben stolz herabgesehen und thut es heute noch! Wie oft hat man die Reformation und Renaissance als das Licht der Vernunft und Humanität gepriesen, das den Deutschen endlich nach so langer Nacht der Unvernunft und Barbarei aufgegangen! Und doch ist und bleibt es heute noch unwidersprechliche Wahrheit, daß erst nach der Reformation und Renaissance der furchtbare Aberglaube und die unmenschliche Justiz der Hexenprocesse geblüht." Wahr ist aber auch, so fahren wir fort, daß die in protestantische Hände übergegangenen Kirchen aus dem Mittelalter reiner erhalten blieben, indem man weniger Hand an sie legte, als im katholischen Süden, wo der Romanismus in die Architektur eingeführt, und zum Ruine der Gothik für vieles Geld die herrlichsten Gotteshäuser unserer deutschen Vorfahren furchtbar verballhornt wurden! Das war nach dem Geschmack der neuen Zeit und ihrer Anhänger, worüber Clemens Brentano spottet: „Was versteht der Philister mehr, als was viereckig ist, und das wird ihm oft noch zu rund." Dieser „größte Dichter des Augenblicks", wie er sich selber nannte, kennzeichnete in München eine neumodische Salonkirche und ihren Thurm als eine kolossale Punschtorte mit einer Bouteille Champagner daneben.

Renaissance nennt man jene Bauart, welche über keine selbstständigen Elemente verfügt, sondern nur von der Plünderung der älteren Architekturformen lebt, und die Willkür zum geometrischen Entwicklungsgesetze macht. Sie ist in der

Architektur, was das Quodlibet in der Muſik, das Ganze iſt nicht aus einem Grundton entwickelt, während in der Gothik auch das letzte Glied conſtructiv herauswächſt, zugleich Laſt und Stütze, Strebe- und Bindegliederung. Wie der barocke Styl mit dem Reifrock zeitgemäß dem geſpreizten Menuett-Tanz Raum bot, ſo müßte ſie ſich jetzt zum Crinolinenſtyl, nach Außen und Innen entwickeln.

Und gegen derlei Schöpfungen des Zeitgeiſtes ſoll die himmelaufjauchzende Gothik ſich in den Staub verkriechen? Dieſer Springquell germaniſcher Phantaſie, dieſe petrifticirte Muſik, dieſes muskelhafte Leben in allen Gliedern — was bedeuten dagegen die ſentimentalen Verweichlichungen der Renaiſſance! Hier dreht ſich die Ausbauchung um den Einen alles verſchlingenden Mittelpunkt, die Verhältniſſe liegen horizontal gedrückt, während in der Gothik die vertikale Aufrichtung des Gebäudes den Eindruck des Erhabenen macht. Jene mißverſtandenen Nachäffungen von römiſchen Motiven huldigen blindlings der abſoluten Centraliſation, dem ſchrankenloſen Monarchismus; die germaniſche Architektur iſt dagegen der Ausdruck der Freiheit und Erlöſung von der blinden Naturgewalt. Sie entwickelt das mannigfaltigſte Leben, verſchlingt und verjüngt ſich naturgemäß nach oben, und treten wir in einen Hochſaal, ſo werden wir bei den wunderbaren Ramifikationen am Gewölbe unwillkürlich an die heiligen Eichen erinnert, unter welchen die alten Deutſchen zu Rath und Gerichte ſaßen. Und nun höre man den Einfall: unmöglich könnten die verſammelten Väter einer Stadt in einem ſolchen Bau vernünftige Beſchlüſſe faſſen! Nur getroſt! Männer, die geſcheit genug ſind, einen ſolchen Plan zu faſſen, werden auch in ihren Berathungen geſunden Verſtand entwickeln. Aber es geht der Gothik häufig wie dem Chriſtenthum: die Leute möchten ſich darüber hinwegſetzen, und ſind dafür doch viel zu klein.

Die Architektur der Freiheit iſt in der Gothik gegeben, und welch' ein Triumph für unſere Nation, daß dieſe ſinnreichen Bauten mit ihren Giebeldächern den deutſchen Namen tragen. Das aber muß wahr ſein: Der allgemeinen Gleichheit oder Gleichmacherei aller Verhältniſſe widerſtrebt die Gothik gründlich. Ueberall ſtoßen wir auf ſelbſtſtändige Glieder, die zu harmoniſchen Verhältniſſen ſich verbinden; Stab und Maßwerk, Sims und Fenſterbank treten in ihrer Eigenthümlichkeit hervor. Jeder Stein will a's ſolcher mit ſeinem Fugenband in der Wand geſehen ſein, jedes Pflaſterſtück möchte nicht bloß getreten, nein, auch beachtet und betrachtet sein; denn es ist etwas Charakteristisches an ihm.

Da ist keine Rede von schablonirter Musterwirthschaft, vielmehr bleibt der Weißpinsel verbannt, der Gestein und Wände gehörig verwaschen macht. Alle Schminke und gypsaufgedonnerte Coiffüre paßt vielmehr in die Renaissance. Wo es sich um Verhudeln und Versudeln handelt, kann von Gothik nicht die Rede sein, wenn auch bei den Versuchen auf niederster Stufe viel verkleisterter Schnickschnack vorkömmt. Man denke nur an die Wernerkirche in Berlin, und was aus dem dort eben projectirten neuen Dombau werden soll, wollen wir abwarten. Er soll nicht gothisch ausfallen, weil er sonst alle Gebäude auf dem Königsplatze rein todtschlagen würde. Wir loben die Anspruchslosigkeit im Privatleben, weniger bei öffentlichen Bauten.

Es gibt Menschen von so allgemeiner Verflachung, daß sie nur das Oberflächliche unanstößig finden, und von so kleinmüthiger Anlage, daß sie ihre Gedanken nicht zur Arbeit sammeln, auch nicht beten können, wenn sie nicht im engen Zimmerlein sich einschließen, wo der Kopf an die Decke stößt. Wir zählen zu denen, welche am liebsten in einem himmelanstrebenden Dome sich einem Geistesaufschwung, einer Seelenerhebung hingeben, und hier Gedanken des Unendlichen erfassen.

Die Gothik mit ihrer wunderreichen Durchbildung entspricht allerdings der Dialektik des Dogma und den Mysterien des christlichen Glaubens, aber sie empfiehlt sich nicht nur zum religiösen Gebäude, sondern gleichermaßen für einen Staats- und Rechtsbau; denn sie läßt der mannigfaltigsten Entwicklung Raum, und gibt dem Untergeordnetsten sein Recht. Ein Engländer würde Jeden von Kopf bis zu den Füßen messen, der seiner Nation zumuthete, das imposante, eines so großen Herrschervolkes allein würdige Parlamentsgebäude in einem anderen, als dem gothischen Styl zu bauen, und das Parlament ist der erste legislative Sprechsaal der Welt, gleichsam das versteinerte Symbol der altgermanischen Nationalfreiheiten.*) Die Gothik soll sich überlebt haben und nicht mehr zeitgemäß sein, und doch hat allein Welby Pugin, der aus Ergriffenheit für die christlich germanische Kunstherrlichkeit selbst zur Kirche des Mittelalters zurückkehrte, bis 1843 nicht weniger als 35 gothische Tempel gebaut, von den übrigen Meistern auf brittischem Boden

*) Wir rügen dabei nur, daß in diesen colossalen, monumentalen Bau sich der Fehler der modernen Bauten einschlich: allenthalben ist der Werkschuh zu groß und die Details viel zu klein.

nicht zu reden. In Köln hat Meister Statz, der noch in rüstigen Jahren steht, schon bei 150 Kirchen und öffentliche Gebäude, wie das dortige Museum, theils neu gebaut, theils restaurirt. Darunter sind Dome, wie das neue Gotteshaus der Virgo immaculata in Aachen; ja bis vor die Thore von Stralsund hat er den Sieg des wiedererwachten deutschen Geistes in der Architectur verfolgt. Wir sollen glauben, die Gothik gehöre einem überwundenen Standpunkt an, in einem Augenblick, wo in Frankreich alle gothischen Dome restaurirt werden, vom großen Notre Dame bis zur kleinen Sainte Chapelle, wobei der Baumeister Viollet le Düc sich unsterblichen Namen erwirbt! Im Augenblick, wo Rhein auf und Rhein ab sich neue Burgen mit hohen Mauern und Zinnen am Fuße der malerischen Hügel erheben, während die mittelalterlichen Ruinen alle Höhen krönen, und einzelne, wie Rheinstein und Stolzenfels in königlicher Pracht und mit allem Reize der minniglichen Ritterzeit wieder erstanden sind, wo das Ulmer Münster mit vereinten Kräften protestantischer wie katholischer Christen nach einer durchgreifenden Restauration wie verjüngt erscheint, und vollends der Kölner Dom als Denkmal deutscher Macht und alt-nationaler Herrlichkeit ausgebaut wird, soll der Magistrat zu München die erhoffte Wiedergeburt der glorreichsten Architectur verläugnen? Wo ein Denzinger die Thürme des Regensburger Domes zur majestätischen Höhe baut, wo ein Ferstl die meisterhaft gelungene Botivkirche in den reinsten Verhältnissen des altdeutschen Styles aufführte, und die prächtigen Giebel des Stephansdomes ausgebaut hoch in die Lüfte ragen, wo der geniale Schmidt eine Schule von deutschen Baumeistern bildet, wozu auch der Urheber unseres preiswürdigen Rathhausplanes gehört — in dem Augenblick sollen wir in München akademisch genug fühlen und von der Gothik uns angewidert stellen? Ich fürchte wohl auch mit dem Wortführer der Renaissance, daß wir zurückgeblieben sind; aber wenn Zwei dasselbe sagen, ist es nicht dasselbe.

Das schönste unter den gothischen Rathhäusern in Deutschland steht wohl auf dem Markte zu Braunschweig, dazu kommen jene in Münster, Ulm und Regensburg, sodann zu Prag, Breslau und Danzig, und der prachtvolle Giebelbau in Greifswalde. Auch das alte Rathhaus in Nürnberg bringt den deutschen Styl zu Ehren; und München sollte hinter diesen Städten zurückstehen? In Belgien, wo jede Stadt, gleich unserem Nürnberg, für unsere angehenden Architecten eine Musterbauschule sein könnte und sollte, erheben sich gothische Rathhäuser zu Brüssel,

Löwen, Gent, Brügge, Mecheln, Arras, Mons, Oudenarde, Ypern, wozu das zu Basel mit seiner reichen Holzarchitectur im Innern kömmt, alle gothisch und in Restauration begriffen oder vollendet. Sie stammen aus einer Zeit, die wie keine andere, Kraft und Selbständigkeit des Bürgerthums entwickelte, und München's Bürger sollten ob ihres Neubaues auf dem mit Spitzbogen-Arcaden und Eckthürmen noch gothisch angelegten Marienplatze erröthen und üble Nachrede von der Nachwelt gewärtigen! — Von Allem, was die Renaissance an Stadtbauten aufgeführt, kann sich keiner mit dem Gürzenich in Köln, mit dem Kaisersaal in Aachen oder mit dem Dogenpalast in Venedig messen, und wir sollten uns wegwerfen und neuerdings antikisiren? Das verträgt sich nicht länger mit dem wieder erwachten Nationalbewußtsein, nicht mit dem Stolz eines deutschen Bürgers. Man vergleiche die schönsten Rathhäuser der Renaissance: das lichtfreundliche von Elias Holl zu Augsburg; jenes von Holzschuher zu Nürnberg, das kuppeltragende zu Potsdam oder das kaufmännisch prosaische zu Amsterdam, mit Stelzen unten oder Stelzen oben; wie akademisch nüchtern, wie einfach und frostig sind sie im Vergleich zu einem naturwüchsigen gothischen Bau! Wie verschwinden sie neben dem gothischen Prachtbau des alten Rathhauses zu Venedig, welches noch mehr prangt durch die historischen Erinnerungen, die sich daran knüpfen. Billig soll das feste Münchener Stadthaus die Erwartung kundgeben, daß hier die ehrenveste Bürgerschaft allezeit würdig vertreten und Wankelmuth oder feige Nachgiebigkeit gegen die Schwächen des Zeitgeistes altbayerische Patrizier so wenig anwandeln werde, als man gegen die Forderung der Renaissance nachgiebig war. Der Baumeister lasse die beantragte Ziegelfarbe nur weg, der deutsche Bau wird über die Vorgänge in diesen Räumen nie zu erröthen brauchen.

Wir lassen jedem Baustyle sein Recht und denken über die verschiedenartigen Entwürfe nicht engherzig. Man baue Theater und Museen für Antiken im griechischen Styl — bei nationalen Kunstakademien stellen wir dies schon in Frage. Cirkus, Kriegsschulen und Festungen machen sich durch die schwere römische Bauform imposant. Börsen und Synagogen eignen sich für die maurische Bauform, obwohl die Juden in Breslau und New-York für ihren Tempel jüngst auch die gothische wählten. Für Bibliotheken und Concertsäle lasse man den heiteren florentinischen Styl gelten, zumal Florenz auch die modernen Musikschulen in's Leben gerufen hat. Andererseits lassen wir die Renaissance bei Kaufhallen,

Eisenbahnsälen und Kornmagazinen in Ehren, aber die Romantik des romanischen und germanischen Styles paßt besser für eine Kirche. Für eine Walhalla, für Sieges- und Befreiungshallen und deutsche Rathhäuser nehmen wir ausschließlich den deutschen Styl in Anspruch, und lassen uns sowenig mit antiken als neubabylonischen Baumustern, nicht mit Entersole, Mansarden und Roccocogerümpel abfinden.

Welch vaterländische Gedanken könnten einem bayerischen Stadtrathe aufsteigen, wenn gleich am Portal der gegenwärtig überaus beliebte Eselsrücken den ersten Blick auf sich zieht, im Vestibüle ihn vielleicht die egyptische Sphinx anspricht, während er deren Räthsel zu lösen sich doch nicht berufen fühlt! Treppen und Aufgang erinnern vielfältig, wie die Gendarmkirchen in Berlin, an den Ausspruch Friedrich's des Großen: „Selig die nicht sehen und dennoch glauben." Halbnackte und hochgebrüstete Karyatiden, Faunen und Bachanten dürfen an der Facade und den Gallerien bis unter das flache Dach nicht fehlen, welches das Stockwerk darunter regelmäßig feucht, wo nicht wegen der herabstürzenden Decke lebensgefährlich macht. Anstatt des Giebels erhebt sich zu oberst auf der Plattform etwa ein Monument der stockblinden Justitia oder einer sonstigen abstracten Figur — wie ein Briefbeschwerer. Vor das Gebäude selbst paßt nichts besser, als ein Brunnen mit Neptun als Tanzmeister auf einer Muschel.

Unsere Phantasie ist zu arm, oder vielmehr der Raum zu beschränkt, als daß wir all die Herrlichkeiten eines Renaissancebaues aufführen könnten — schon der Name klingt so näselnd und widerwärtig. Und solch ein zusammengewürfelter Bau sollte ein deutsches Rathhaus vorstellen?

Man erkläre die Genovefenkirche in Paris für ein Pantheon, sie ist dazu gebaut und prägt keinen einzigen christlichen Gedanken aus; man verwende die Magdalenenkirche daselbst im Style des Pantheon zu einer Glyptothek oder Akademie, man mache aus der Karlskirche in Wien einen Redoutensaal, sie stellt nicht mehr vor — Bild und Name entsprechen sich nicht! Aber man lasse uns unsere Freiheit, ein stattliches Gebäude herzustellen, welches, zumal einem altdeutschen Patrizierhause und gothischen Raththurm gegenüber auf den ersten Blick, als etwas Besonderes, dem deutschen Geiste Entsprechendes, Ehrwürdiges und Charakterhaftes sich kundgibt.

Wir haben lange genug einen architectonischen Maskenball mitgemacht. — Bei der Paradestellung eines Gebäudes im Zukunftstyle wandelt uns wie beim Anhören der

Zukunftmusik Kopfschwindel und Sinnestäuschung an. Wir sehen nichts, als immer neue unglückliche Experimente vor uns, denn von den neuen Stylerfindern gilt wie von den politischen Gothaern der Spruch: „Wie sie ringen, sorgen, suchen, das Gefundene dann verfluchen."

München in ein Neu-Athen an der Isar umzubauen, ist ein ebenso vergeblicher Versuch, als die Propyläen mit ihren neuhellenischen Sculpturen an ein anderes mißlungenes Unternehmen erinnern. Die Gothik in unserer Hauptstadt ist wahrhaftig keine Treibhauspflanze; ohne Pflege von oben, ja vielmehr im Widerspruche mit fortwährenden Versuchen hat sich aus dem urdeutschen Wesen des Volkes auch die Liebe zur deutschen Bauform entwickelt, und zuvörderst das Innere des Frauendoms eine harmonische Restauration erfahren. Nicht hundertfältig geprüfte, auch in der Chemie, Botanik und sonstigen Wissenschaften examinirte Akademiker haben sich des Werkes mit Liebe angenommen, sondern hochehrenwerthe Bürger sind zusammengetreten, ließen sich große Summen nicht reuen, und sind, während die Kunstcadeten an Vitruvius Werk und klassischen Architekturfragmenten studiren, aus freiem Antrieb deutsche Baureformatoren geworden, und sie sollten auf dieser Bahn je wieder umkehren? Bewahre uns der Himmel!

Jetzt bildet halb München eine mittelalterliche Bauhütte, deren Ruf jetzt in der ganzen Welt begründet ist, derart, daß den Aufträgen aus allen Erdtheilen oft kaum rechtzeitig genügt werden kann. Sicherlich hat es früher kein Kunst-Institut zur Versendung von zehntausend Kisten gebracht, und eine unserer trefflich geleiteten Anstalten steht in kurzer Frist bereits bei der zweiten Myriade. Wer hätte es vorher für möglich gehalten, daß weit über dreihundert Holzbildhauer Beschäftigung fänden, und nun bestehen über ein Dutzend großartiger Ateliers, worin allen Anforderungen der christlichen Kunst genügt wird, so daß unsere Zeit hinter den Leistungen des Mittelalters bald nicht mehr zurücksteht. Das war keineswegs der Fall, so lange man den antiquirten, nie in Fleisch und Blut der Nation übergegangenen Classicismus uns octroyirte. Seit nun vollends unter königlicher Huld und der Theilnahme von Reichsräthen und dem Hause der Abgeordneten das anfangs Wittelsbachische, nun sogenannte Nationalmuseum, lange nach all den griechischen, etrurischen, römischen, egyptischen, und neuerdings japanischen Sammlungen und ethnographischen Cabineten entstand und sie sämmtlich in Schatten stellt, ist die edle Gothik in München geradezu unausrottbar. In unserm gering angesehenen Bayern gilt Niemand mehr für gebildet, der nicht auch für Kunst ein Verständniß hat, die Anregung hiezu ist seit ein Paar Decennien wesentlich von patriotisch gesinnten und kunstbegeisterten Männern an den höheren Schulen ausgegangen. Nach dem Impulse des in diesen Tagen verewigten, unvergeßlichen Prof. Dr. Sighart und der lebendigsten Theilnahme des höheren und niederen Klerus sind Bauzeichner, Bildhauer und Goldschmiede im Lande vollauf beschäftigt, und zürnt auch hie und da ein Kunstclassiker, so hat doch der Nationalökonom nichts dagegen, daß von den 2000 Künstlern so gar viele mit der Restauration der noch erhaltenen altdeutschen Kirchen und der Herstellung und Fassung von Altären, Bildwerk und Geräth ihr Leben verbringen. Und gleichzeitig entwickelt sich der Geschmack an der Gothik auch in weltlichen Gebäuden und Privateinrichtungen.

Schon an den Quellzuflüssen der Isar, in der Riß, überrascht uns ein im Auftrag eines Fürsten erbautes Jagdschloß im englischen Burgenstyl. Gegenüber den stattlichen Schloßthürmen von Grünwald hat der ganz ritterlich angethane und romantisch gestimmte Schwanthaler seine Burg Schwaneck mit dem reichen Waffensaal angelegt. Seine Schöpfungen im Bereiche der antiken Sculptur haben darunter nicht gelitten: er war ein ganzer Mann. Wir kennen in München einen Baumeister, der, als ihm die Baubehörde nicht gewährte, ein „steinernes Haus“ (wie das bekannte in Frankfurt) mit heraustretenden Pfeilern und Gesimsen in die enge Gasse zu stellen, die gothische Façade, vorspringende Erker, Treppen und Wartthurm zu seiner freien Ansicht und zu unserer nicht geringen Genugthuung in den Hintergrund seines Hausbaues stellte. Ein anderer möchte selbst für den Moment des Todes noch im Anblick der edlen Gothik sich kräftigen, und hat sein Sterbelager, ein wahres Himmelbett, in der Umgebung mittelalterlicher Statuen und Gemälde mit Goldgrund, aufgeschlagen. Ich lobe ihn darum, auch wenn er seine Gruft unter dem Grabthürmchen noch gothisch wölbt. Das nenne ich eine angeborene Künstlerseele, und solche Meister, die das Handwerk zur Kunst veredelten, haben wir in München mehrere. Unser Einer hat auch einmal ein altdeutsches Haus in Münchens Schönfeldstraße hergestellt, und durch ein Frescobild mit dem Kampfe Heinrich's des Löwen gegen den Drachen es 1856 dem Stadtgründer zur siebenten Säcularfeier geweiht. Verdrossen, daß sie nicht selber daran gedacht, haben die Tonangeber ein paar Jahre später den historischen Festaufzug veranstaltet, aber den obscuren gothischen Bau vornehm umgangen. Wer weiß, ob dieser bei der nächsten Jubiläumsfeier auch wieder ignorirt wird?

Wer, fragen wir höflichst, wiederholt noch länger: der Stadtrath prostituire sich in der Gegenwart und für alle Zukunft mit seiner Bevorzugung eines gothischen Rathhauses? Wer möchte den nunmehr gesicherten Bau mit seiner kunstreichen Prostirung, den kühn emporstrebenden, uns wirklich erhebenden Verhältnissen, gegen alle die zusammen getrommelten Herrlichkeiten der Renaissance vertauschen, die nicht hieher gehören und darum Langeweile einflößen!

Der Eklektizismus, wobei nach der Musterkarte gearbeitet, und hier ein Stück, dort ein Fleck verwendet wird, ist in der Kunst und Wissenschaft ein Unglück, wie es auch der beginnende Tod in der Philosophie ist. Dagegen wächst der Baum der Gothik in organischer Entwickelung wie der Eichstamm aus der triebkräftigen Eichel. Dieser Bau bedarf keiner Schminke und Tünche, keines decorativen Aufpuzes und ästhetischen Firlefanzes.

Hätten die edlen Kunstkritiker, welche nacheinander gegen die Einsetzung der christlich-germanischen Baukunst in ihre alten Rechte die Lanze einlegen, doch früher gelebt, wie dankbar würden ihnen all' die Baumeister und Autoren sein, die in dieser Kunst geschaffen und dafür geschrieben, wie aber jetzt uns vorgespiegelt wird, nur Zeit und Mühe vertrödelt haben.

Dann hätte ein Boisserée den Graaltempel nicht nach gothischem Aufriß construirt, sondern solchen „Kirchenpfaffenstyl" gerne mit einem Plan aus dem Zopfzeitalter verwechselt; auch wäre die weltberühmte Sammlung alt-deutscher Gemälde wohl unterblieben. Dann hätte Pugin seine Contrasts unterdrückt, worin er je einem gothischen Bauwerk ein modernes zum beschämenden Vergleich gegenüberstellt, wovon Brentano's Wort gilt: „Keine Puppe, sondern nur eine schöne Kunstfigur". Der edle Graf Montalembert konnte dann seine Klageschrift: „Le Vandalisme et le Catholicisme dans l'art" ungeschrieben lassen; bei einer barbarischen Bauweise wäre die Benennung gothisch und barbarisch gleich gut angebracht. Dann hätten Kugler, Schnaase, Otte und all' die wackeren Kämpen mit ihrer Verherrlichung der Gothik in meisterhaften Büchern ihren Lohn schon empfangen, auch der jüngst verewigte Ungewitter mit seiner Schrift: „Wie soll man bauen?" sich arg verrannt. Doch die Niederlage ist vielmehr auf Seite der Prahlgeister, die mit ihrer unglücklichen Renaissance anderwärts das Terrain verloren, aber in München noch stark zu sein glauben, weil sie keinen ausgesprochenen Gegner gefunden. Nicht die Gothik, sondern die Renaissance hat sich überlebt und den eclatantesten moralischen Bankerott erlitten. Selbst der zeitgeistige Kunsthistoriker Gottfried Kinkel hält mit der Vergangenheit Abrechnung und stellt den Satz auf: „Wir sind auf den Punkt gekommen, wo wir das Bauen, Bilden, Malen aufgeben, oder einen neuen, unserem Zeitgeist angemessenen Styl auffinden mögen". Das eigene Geständniß Kinkel's in der Einleitung zu seiner Geschichte der bildenden Künste geht dahin, daß man „die allerschlimmste Vergangenheit, Renaissance und Rococco, als Muster neumodischer Architectur sich vorgenommen". Will man dabei stehen bleiben oder wieder deutsch werden, und die Kunst, spanische Schlösser zu bauen, lieber der Zukunft anheimgeben?

Wie lange soll noch jener Extraklassicismus, der sich mit allen möglichen Zierathen ausstaffirt, bei uns herrschen, während die ungeschminkte Gothik als Aschenbrödel hinter der französischen Grisette zurückstehen muß?

Dieß sind eben verschiedene Ansichten, hören wir sagen. Aber ein Mann, wie Cornelius spricht: „Die christliche Kunst ist noch nicht abgeschlossen, sie wird erst recht aufleben." Und die eben wegen ihres christlichen Charakters verdächtigte Gothik sollte von diesem neuen Aufschwunge ausgeschlossen sein! Ein Cardinal Wiseman hielt öffentliche Vorträge über die Vorzüge der Gothik. Prof. Kreuser befaßte sich sein Lebelang mit der Geschichte des christlichen Kirchengebäudes, so daß sie seitdem ein Lehrthema an den Hochschulen geworden. Lübke gibt eine Vorschule zur mittelalterlichen Kirchenbaukunst heraus. Hofstadt macht das gothische A B C so zu sagen schon der Jugend begreiflich. Heideloff in Nürnberg schildert die Bauhütte des Mittelalters und gibt dazu noch zahlreiche Anweisungen. Kallenbach läßt ganze Hefte voll Zeichnungen und übersichtlichen Darstellungen erscheinen. Ernst Förster verdanken wir ein epochemachendes Werk über deutsche Kunst mit meisterhaften Abbildungen, und wer könnte erst all' die Specialschriften über das mittelalterliche Kunstgebiet aufführen, und die in Oesterreich, England und Frankreich erscheinenden, wegen ihrer prachtvollen Ausstattung oft nur zu kostspieligen Werke dazu nennen!

Und Münchens Magistrat soll sich durch die Bevorzugung des gothischen Planes von der Hand unseres Hauberrißer ein

Armuthszeugniß für alle Zukunft ausstellen! Im Gegentheile, die Mitglieder, vom deutschen Geiste beseelt, haben sich eine Bürgerkrone verdient und ihr Ehrenpreis wird jetzt schon verkündet.

Eine der bedeutendsten wissenschaftlichen Autoritäten auf dem Felde der Gothik, August Reichensperger in Köln stellt in seinem jüngsten Werke „Allerlei aus dem Gebiete der Kunst" die Gemeindebehörde der bayerischen Hauptstadt allen größern Städten als leuchtendes Beispiel hin, und spricht die Hoffnung aus, daß nach solchem Vorgange einer süddeutschen Bürgerschaft allenthalben die öffentlichen Gebäude wieder in deutscher Architektur ausgeführt werden, nachdem man lange genug Kirchen und Paläste zu Schlachtopfern der Renaissance gemacht, die nur einer erbärmlichen Zeit, wie den letztvergangenen Jahrhunderten mit ihrer drückenden Fremdherrschaft angemessen war. —

Doch was kämpfen wir fort und beachten nicht, daß unser Widersacher längst den Geist aufgegeben hat, und die Schildknappen Reißaus nahmen und nicht wieder kommen wollen. Ja, wir geben Pardon! wir wollen die letzten Vorkämpfer, besser gesagt, die Nachkämpfer der Renaissance nicht so fast widerlegen, als überzeugen, daß auf ihrem Felde längst keine Rosen mehr blühen. Es ist eine leidige Gewohnheit unserer Künstler, immer nach Süden zu wallen, und was sie von Hellas oder vom parthenopäischen Strande schwarz auf weiß in ihrer Mappe über die Alpen zurückbringen, für das Geld der Regierungen nnd Magistraturen zur monumentalen Ausführung bringen zu wollen. Welch' eine Zumuthung! Man hält uns die Devise entgegen: „Zeit gebeut!" als ob die Zeit gebieten könnte, daß die Deutschen sich immer fremd kleiden und ästhetische Purzelbäume schlagen sollen. Zeit gebeut Alles, nur keine Künstlereitelkeit, und Eifersucht ist um so weniger am Platze, als aller Afterclassicismus sich nicht mit dem Deckmantel der Nationalität herausputzen kann.

Die Gothik war nur so lange ein überwundener Standpunkt, als die Nation selber durch die Nachbarn überwunden war. Erst als das deutsche Reich von seiner Höhe herabstieg, fand auch die Gothik keine Würdigung mehr. Man setzte den Frauenthürmen „wälsche Hauben" auf, oder bauchte die Spitzthürme nach böhmischen und russischen Mustern kropfartig aus, wie Meister Holl in Augsburg, das am frühesten mit dem Mittelalter brach, sie durch gekröpfte Kuppeln verunstaltete. Es thut uns fast leid, seiner Büste in der Ruhmeshalle zu begegnen.

Wo ein Schinkel baut, haben wir kein Mißverständniß

des antiken Styles zu besorgen; er dachte auch nicht daran, dem Kölnerdom etwa ein römisches Hauptschiff anzufügen, oder durch Abbruch mittelalterlicher Bauten sich für moderne Raum zu schaffen — worin leider schon die Medicäer sündigten und andere mit ihnen. Aber wenn man unter unseren Augen den unvergleichlichen Abschluß der Maximiliansstraße in Augsburg, das burgveste Imhof-Haus niederbricht, und gleichsam ein modernes Miethhaus an der Stelle aufführt; wenn oberhalb der vindelicischen Augusta die sonst so lobenswerthen Bürger von Landsberg glauben, ihre Stadt durch den Abbruch eines historisch interessanten, höchst malerisch situirten Kirchleins zu verschönern und lieber den Stadttheil ohne Uhr und Glocken lassen, überkömmt uns eine wehmüthige Stimmung. Solche Triumphe soll die lichtfreundliche Renaissance hoffentlich nicht mehr viele erleben. Will man aber vollends den Pump-hosenstyl mit seinen Schönheitslinien in Aufnahme bringen, so werden wir es am tüchtigen Durchklopfen nicht fehlen lassen. Warum das Schöne zerstören? Die alten Griechen begnügten sich mit den bescheidensten Wohnungen, während nach Pausanias die öffentlichen Plätze und Straßen in Städten und selbst Dörfern sich mit Kunstwerken füllten und sie mit Stolz auf ihre Natio-naldenkmäler hinweisen könnten. Auch die neuen Deutschen fin-den die Prosa des Lebens nur erträglich, wenn man ihnen über den trostlosen Fabrikgebäuden einen höhern poetischen Anblick gönnt. Es heimelt uns nur an, wenn unser Wohnhaus durch eine charakteristische Besonderheit sich auszeichnet. Tau-sende fühlen sich von dem Misère der Politik abgestoßen, und ziehen sich in ihre Häuslichkeit zurück. Dort aber ist herkömm-lich ein Stübchen im altdeutschen Geschmack mit alter-thümlichen Ofen und Gestühl, Pult und Statuetten eingerichtet, daß jeder Fleck eine mittelalterliche Erinnerung birgt. Und wo die Gothik schon so ins Volk gedrungen ist, wo nicht nur die Trinkstuben der Künstler gothisch meublirt sind, sollen wir den kühnen Griff der Stadtbehörden für einen architectonischen Mißgriff halten? Man will uns auch unsere deutsche Schrift nehmen, wie längst die deutsche Tracht uns abhanden kam. Hier ist gesunde Reaction geboten, und sie tritt mit Macht ein; denn wir sehen Schreiner, Schlosser, Buchbinder und ähnliche Gewerbe sich eifrig der Gothik zuwenden, Glasermeister mit Glasmalern sich verbinden, und einen selbstständigen „Verein zur Aus-bildung der Gewerke" constituirt, der bisher meisterhafte Arbeiten zur regelmäßigen Ausstellung brachte.

Vor zehn Jahren konnte man in tonangebenden Blättern

lesen: Der Glaspalastbau bedingt die Architectur der Zukunft. Dieß könnte allenfalls dazu dienen, in unserer streitvollen Zeit den Frieden herzustellen; denn wer in einem Glashause wohnt, hüte sich, nach Jemand einen Stein zu werfen. Immerhin wäre es für unsere hellichte Aufklärung und das Verlangen nach Oeffentlichkeit die entsprechende Bauweise, wenn nicht das Donnerwetter darein schlüge, und die rauhe nordische Witterung mit Schneegestöber und Schloßen dagegen Einwendung machte.

Darüber lassen wir Andere sich abstreiten, ob etwa an der Stelle der alten Landschaft füglich ein neues Ständehaus, jedenfalls im deutschen Style, angezeigt wäre — könnten wir nur mit mehr Hoffnung in die Zukunft blicken! Ferner erklären sich einige Stimmen dahin, daß man besser das übelsituirte Conglomerat des jetzt sog. Rathgebäudes niedergebrochen und im Anschluß an den zur Repräsentation geeigneten alten Rathhaussaal, welcher nur im deutschen Kaisersaal, dem Römer in Frankfurt seines Gleichen hat, einen Neubau in entsprechender Architectur aufgeführt hätte. In Wahrheit ist durch die Catastrophe des Jahres 1866, die sich nicht voraussehen ließ, alle Unternehmungslust geschwunden, so nothwendig auch der Magistrat die ärmern Classen beschäftigen sollte. Wir erinnern aber daran, mit welchem Applaus die öffentliche Meinung die Nachricht aufnahm, daß der Münchner Stadtrath die ihm von der k. Regierung gebotene, nie mehr wiederkehrende Gelegenheit benützte, um an dem Hauptplatze der Hauptstadt die Hauptwache von dem Platze, wo die vorgeschobenen Kanonen immer die Passage sperrten, zu entfernen, und mit all den zersplitterten städtischen Anstalten und Cassen in einem würdevollen Centralbau zu vereinigen, auch durch die Veräußerung der bisherigen Gebäulichkeiten die Kosten des Ankaufes zum guten Theile zu decken. So wird es wohl sein, nur die plötzliche Muthlosigkeit sieht jetzt die Sachlage anders. Wir selbst eifern nur dagegen, daß man in unsern Tagen, wo das germanische Museum in Nürnberg in einem altdeutschen Klosterbau untergebracht wird, und für jenes in Köln ein ausgezeichnet schöner gothischer Neubau hergestellt ist, wo die alten ernsten Rathhausbauten wieder zu Ehren kommen, der bayerischen Landeshauptstadt einen leichtfertigen, suffisanten Renaissancebau mit irgend einer theatralischen Façade empfehlen will.

Ja, wird der ächt deutsche Geist der bayerischen Hauptstadt durch ein Rathhaus im deutschen Styl sich aussprechen, namentlich gegenüber der vielberedeten Concurrenz für ein modernes Berliner Rathhaus. Hierüber hat jüngst wieder Lübke in der „A. Allg. Ztg.", 5. Januar, sich vernehmen lassen: „Ich habe das jetzt so ziemlich vollendete Gebäude ein geistiges Armuthszeugniß für die Stadt Schinkels genannt. Ich bleibe bei diesem Ausspruch. Alle Vorzüge seiner Art sind nur etwas potenzirt handwerkliches; eine geniale Lösung, eine künstlerische Leistung ersten Ranges, wie ein solcher Bau zeigen müßte, ist nirgends zu erkennen. Berlin scheint in dieser Gattung verfehlter künstlerischer Unternehmungen fruchtbar werden zu wollen. Die Art, wie neuerdings von zwei dortigen Ministerien, dem des Handels und des Cultus, die nicht minder wichtige Frage eines neuen Dombaues durch Concurrenz-Ausschreiben in Scene gesetzt wurde, läßt erkennen, daß dort in entscheidenden Kreisen noch keine Ahnung von der künstlerischen Wichtigkeit solcher Unternehmungen bestehe."

„Aber was wollen diese Berliner Beispiele gegenüber dem, was kürzlich bei der Concurrenz für den Museumsbau in Wien vorgefallen ist? Vier Architecten, darunter zwei von hervorragender Bedeutung, Hansen und Ferstel, werden aufgefordert". — Die Jury äußert sich nicht über das relativ gelungenste dieser Projecte; nur ein Separatvotum erkennt in jeder Hinsicht die Palme dem Plane Hansen's zu, der berufen scheint, den Bau für die edelsten Sammlungen der höchsten Bedeutung entsprechend zu gestalten. Da ordnet das k. k. Ministerium eine zweite Concurrenz an, schließt jedoch die beiden bedeutendsten Künstler aus, bis der Architectenverein und die Wiener Künstlergenossenschaft eine einmüthige Vorstellung dagegen erheben. „Leider sind es zumeist hohe und höchste Behörden, die wir als Vorkämpfer in den Schaaren des Kunstbarbarenthums sehen."

„Ueber die Museumsbau-Frage hat inzwischen der Director des österreichischen Museums für Kunst und Industrie, Ritter v. Eitelberger, eine Denkschrift veröffentlicht. Entschieden weist der Verfasser die Formen der französischen Renaissance zurück, die neuerdings bei uns in Deutschland bedenklich zu spuken anfangen, und verlangt, daß ein solcher, den idealsten Interessen gewidmeter Bau auch in den edelsten Formen sich ausspreche."

Was leider die Berliner mit ihrem Rathhausbau anfangen, hat München nicht zu verantworten, und was in Wien durch bureaukratische Unkunde gefehlt werden mag, entgeht der öffentlichen Verurtheilung mit nichten. Gottlob, daß unsere bayerische

Regierung Einsicht genug hat, dem ruhmwürdigen Unternehmen eines gothischen Baumonumentes von Seite unserer Stadtbehörden vielmehr förderlich entgegenzukommen. Wenn Leute, in welchen weniger deutsche Art ist, als in uns, wenn die Berliner den fremden Renaissancestyl bevorzugen, dann thun wir Münchener es erst gerade gar nicht!

Schließlich hören wir nur noch Bedenken laut werden, welch außerordentliche Summen solch ein stylgerechtes Gebäude zur Höhe des Giebeldaches wohl verschlingen werde? Wir erwidern zuversichtlich: Jedenfalls weniger, als wenn man das bereits Gebaute wieder abtragen und neubauen wollte! Wir kennen jene wohlfeilen Architekten, welche die Sache anfangs billiger machen, um mit neuen Plänen und erminderten Voranschlägen ihre Vorgänger zu verdrängen und sich die Ausführung anzueignen. Die Schlußabrechnung hat noch immer das Gegentheil ergeben und die Bürgerschaft sollte statt der Spottbilligkeit am Ende nur den Spott als Dareingabe uuf erhöhte Baukosten erhalten? Solche Bauunternehmer gleichen dem Maurermeister, der einen um 23 Procent wohlfeileren Accord einging, aber mitten in der Arbeit aufhört, wenn man nicht Zubuße gewährt. Soll man diesen Versuch noch einmal machen?

Die Angelegenheit hat zugleich ihre hohe moralische Bedeutung. Die edle Architectur übt, wie jedes Kunstwerk, sittlich eine erziehende Kraft und setzt der allgemeinen Verflachung einen Damm. Ja wir sagen noch mehr. Der vulgäre Kasernenstyl in allen Straßen, diese accordirte Egalität, wobei man sein Wohnhaus nur noch an der Hausnummer oder Nachts an der Nähe der Laterne erkennt, stimmt unwillkürlich revolutionär. Man gehe nur mit gutem Beispiel voran und belehre das Volk, auf nationale Denkmale stolz zu sein: dieses Selbstgefühl erhebt. Es ist für die Bewohner München's ein ausgesprochen gutes Zeichen, daß das Nationalmuseum in den freien Tagen bis zu 1500 Personen in seinen Räumen versammelt, ohne daß die übrigen Kunstsammlungen daneben leer ausgehen. Und gilt es denn blos das Urtheil der Gegenwart? Jener „gothische Schneider von Bologna", der, wie Springer in seinen Bildern aus der neueren Kunstgeschichte ausführt, den gothischen Ausbau von San Petronio durchsetzte, hat sich unbestrittenes Lob verdient; hätten die Gegner gesiegt, sie würden als Kunstbarbaren angesehen und der ganze Bau stünde verpfuscht da. Er hat die Ehre seiner Vaterstadt gerettet.

Wie könnten zur Zeit die Behörden München's in Versuchung kommen, den einmal gefaßten Plan wieder aufzugeben und einen anderen Weg zu betreten! Pfui der Nachrede, es solle zur baaren Genugthuung für die Vertreter der französischen Renaissance das bereits im Spitzbogen aufgeführte Stockwerk dem Erdboden gleichgemacht werden! Welch' ein Halloh gäbe dieß für den gebildeten und ungebildeten Pöbel, für die geistigen Proletarier in allen Volksschichten, die den Vorgang natürlich zur Herabwürdigung des Stadtrathes ausbeuten würden! Sei es auch, daß das Gebäude eine andere Bestimmung erhalten sollte, den Baustyl an diesem Platze darf dies nicht berühren. Wie dort der Architectenverein in Wien in Sachen des neuen Museumbaues seine Stimme abgab, so beanspruchen auch die Künstler München's, in deren Namen wir hier das Wort nehmen, gehört zu werden. Wissenschaftlich fühlen wir uns zur Vertretung dieses Planes vollkommen gewachsen, und daß fortgebaut werde, drängt die Noth der arbeitenden Classen. Ein Rückzug würde nicht zum Vortheil der so ehrenfesten Bürgerschaft gedeutet, und der ärgerliche Vorgang in den Blättern der Kunstgeschichte nicht verschwiegen bleiben. Gilt es einen Neubau, wie dieser, so wollen wir Deutsche heißen. Welche Freude, wenn nach den mancherlei Aufrichtungen jetzt das Gebäude nach unverändertem Plane seiner Vollendung entgegen geht. Welch ein Triumph für die Bürgerschaft, daß sie in der Ausführung eines solchen monumentalen Bauwerkes mit den besten deutschen Städten wetteifert! Stolz darf jeder sein, der zu dieser Ausführung beiträgt, und so hoffen wir denn, Gott möge seinen Segen unserer Stadt, seinen Segen auch diesem Unternehmen nicht entziehen, auf daß wir es glücklich zu Stande bringen.

München, auf Neujahr 1868.

Druck des Literarischen Instituts von Dr. M. Huttler in Augsburg.